萌黄の風

高橋公子歌集

コールサック社

歌集　萌黄の風

目次

Ⅰ　平成二十五年〜平成二十七年

Ⅱ　平成十年〜平成二十四年

Ⅲ　平成二十八年〜令和二年

歌集

萌黄の風

高橋公子

I

平成二十五年〜平成二十七年

海のかけら

黄をこぼし瑠璃色こぼし揚羽とぶ庭の夏柑古木になりぬ

アーモンド大樹となりて我が庭にカリフォルニアの風恋しとふ

子らみたり離れて住まへばこの家をふたりで守るは難儀なるべし

近居とふ子らの近くに住みゆかむ沼津の街から柏の街へ

方位よけ健康守りを購ひぬ三嶋大社に深く礼なし

半世紀住み来し家の断捨離はちつとやそつとでは埒明かず

夫の部屋わたしの部屋にそれぞれの過去を生きつつ過去を捨てゐる

子の部屋に医学書洋書建築学書まなびの日日の爪繰りしあと

まもなくに海のない街に住まふゆゑしばし見て来む海のけしきを

「海に来て」とメールをすれば「俺も今海を見てる」と返信の来る

井上靖は少年時代を沼津で過ごした

松の間の海のかけらを食み育つ少年靖も少女のわれも

梅桜もちの木なぎの木アーモンドな行きそ行きそと梢をゆらす

下総に

街なかを歩きてゆけど誰ひとり知る人の無くわれエトランゼ

路地ゆけば絵本屋ありて梟のフーちゃんけふは風邪気味といふ

七階までアサギマダラを誘はむとフジバカマ買ふ飛びてこよかし

鬼瓦もガーゴイルもなき高層に香をくゆらす姑の命日

故郷を離れて来しこと時として騒立ちあるらし夫の横顔

こぞの春エトランゼたりし夫と吾けふ知事選に選挙人たり

下総にダウンサイズのたつきをば良し良き良かれとベランダの花

デンマークへ鍵一つ掛け飛機に乗るそんな気楽さうれしくもある

デンマークの青

手作りの日の丸立てて待ちくれしユトランドの友シグリとダニエル

大いなる草原を駆けるあをき風白樺林を傾がせてゆく

「デンマークは原発に依存せず」決断はチェルノブイリの事故前年ぞ

原子炉の無き草原に粛粛と風車は回る七基また十基

をやみなくプロペラ回れば騒音に耳を病む人こころ病む人

やはき風怒る風らが洋上にプロペラ回せば騒音遠のく

戦ひに荒れたる地をば沃地にと樅を植ゑこしダルガス父子

剣を捨て鍬と鋤持ち国民の心ひとつに緑を目指す

廃れゐしデンマルク國を興ししは民の精神とぞ内村鑑三

牧草にひよどり花も混じり咲きかたへに連なる樅の苗床

ダルガスの樅を絶やさずと今もなほ人らは植うる針やはき苗

砂山をあへぎあへぎつつ登りきてシアン色せる北海に会ふ

背をまるめバルトの岸の琥珀をば磨き磨きて蝶をなす老

億年の光を閉ぢ込めここにあれ妖しく光る琥珀を胸に

デンマークには珍しとふあふちあり山霍公鳥わたりて啼けよ

曾祖父も愛せしあふち紫の名残り花さかすシグリの庭に

デンマークの青咲かせたし四十年《よそとせ》の友愛の青わが庭もせに

金色の沼

駿河なる山、川、海に別れ来て手賀沼の辺に住み始めたり

『黒松』を繙きて知る牧水の旅のひとつに手賀沼があり

牧水が真菰の蔭に舟とめて埃は来ずと酒を酌みたり

冬鳥のにぎにぎしかる沼の面はツバメ来るころ静かになりぬ

仲間去り渡らぬ白鳥首回し沼の広さをしきりに測る

晴れの日は遥かに富士の見えるとふ堤のカフェに伸びるわが首

枯れ葦のそよげるあはひに現るる錫色ときに金色の沼

高台に「白樺」同人集ひきて移ろふ景を愛しみ見しや

直哉住む窓ゆ次次首の伸ぶねえやも子どもも夕焼け見むと

文学館にリーチとその孫の皿のあり兎の駈ける同じ文様

スーパーの裏に残れる「はけの道」文人たちの往来の道

あの雲は川瀬巴水の彫りし雲手賀沼の上に僧形を成す

雀子が真菰をつかみ揺れてゐる夕かたまけていづこに羽ばたく

アオギリ二世

広島ゆ被爆アオギリ二世移植され公園広場に真直に育つ

「陽光」といふ桜も植ゑらるシベリアに南に斃れし教へ子たちへ

もの言はぬ被爆地の石を礎に「平和の灯」ちろちろ燃える

日を浴びて沼辺で遊ぶ子供らよ「平和の灯」守りてゆけよ

核兵器禁止条例に背を向けて安倍総理はしらじら誓ふ

地を叩くセキレイの尾がとても好き会ひたくなりて岸辺に寄りゆく

利根川の河童一匹棲みしとふブロンズになりて水を噴きあぐ

葦原にヒクイナゐるを見にゆこか故郷ならずも親しみゆかな

Ⅱ

平成十年〜平成二十四年

厩舎に生く

手綱持つ手先のしびれやはらぐと十和田の春を次男は告げこし

日高にて生まれし仔馬を語りゐる帰省の息子のまなざしやさし

突然に獣医なる息子《こ》の告げこしは獣医をやめて調教師めざす

目を細め息子に寄り添ふ競走馬　厩舎に生くるも一つの選択

息子と子馬鼻面つけて語りゐる聞いてみたしよふたりの会話

朝焼けに筑波の峰の浮かび出で調教助手は蹄鉄確かむ

青き星の子

プラモデル夢中に作りし長の子は音楽堂を造る夢持つ

「俺はもう嫁にする子を決めたから」この息子も突然親に告げくる

身重なる妻をかばひて建築士グリーン切符を初めて買ひぬ

アフガンの子も生まれ来る子も幸《さき》くあれあの子もこの子も青き星の子

胸に受くる初孫なるは確とした命の重さわれに伝へり

初めての細波を見るをさなごの長き睫毛も寄せては返す

バスタオル広げて待てば石鹸の香りとともに幼飛びつく

庭先にビニールプール籐のいす玻璃戸に残るちひさき手形

「パパちらい、ちらい」と言ひつつ縋る子の頭撫づる吾子まさしく父に

誰も誘はず

病む父を見舞ひて帰り着くわれに夫は黙して紅茶淹れくるる

惻惻と父の病ひを語りゐる母の哀しみけふは静もりて

看取りゐる母は座を立ち磯の香をかぎてみたいと海にむかへり

祈り持ち春咲き種を蒔きをりぬ秋のやは陽を背に覚えつつ

病む父の笑顔がみたく道化師の赤い鼻つけドアをノックす

手をさすりほほに手をあて確かめる父の今ここにおはしますこと

ほほ寄せる吾娘に静かに父言へり　わが八十年幸ひなりき

たらちねの母より受けし五臓六腑使ひはたして父逝きにけり

「おとうさん」大きな声で呼びたくて墓所にむかへり誰も誘はず

淡き色のシルエットとふ薔薇を活く喪中の春も小さくなごむ

おん目閉づ鑑真和上の横顔にちちのおもかげ顕ちて歩めず

ライムストーン

あかときの静寂《しじま》を破る鳥の声イギリスの吾娘《あこ》たつきに慣れしや

留学の娘訪ねむと母の乗る車椅子ごと機内の席に

夕の日にライムストーンの輝きてコッツウォルズに時は流れき

弧を描きフライ・フィッシングの糸が飛ぶコルンの川の光蹴散らし

森ゆけば木下に咲けるスノードロップ　天使が雪をあなたに変へた

林檎の木の木陰で母は諾ひき吾娘に恋せしイタリアの青年を

目を閉ぢて風の奏でるハープ聴く湖水地方の小さなロッジ

亡き祖父にこの論文を捧げると添書きをして提出せりと

とつ国に生きむ決意を抱きつつ帰国せし娘《こ》と焼くマドレーヌ

教会の鐘

嫁ぐ日を間近に控へ揺らぎゐる吾娘の心にいかに添ふべき

教会の鐘の響きてダブリンのひと日始まる吾娘住む街の

オルガンの「カノン」の曲に歩を合はせ娘《こ》の腕をとり夫進み来る

「仲良くね」ただそれだけを言ひおきて大きく手を振りゲートに向かふ

夫の部屋にビリー・ジョエル厨辺にモーツアルト流るそれぞれの刻

カクタスの花咲く位置は定まりて霜月の窓今年も明らむ

ぽぴんぽぴんビードロの笛吹いてみる娘の部屋の長崎みやげ

石笛《いは》

縄文の神降ろしとふ石笛の鋭き一声竹林を走る

風やみて俊寛演ずる白き手に無念さの顕《た》つ夕光《かげ》の能

舞台には小袖一枚広げ置き葵上の病臥となせる

夫を待ち打たむ砧を持たざればパソコンのキー打ちて待たうよ

園児らの鼓笛に合はせ秋あかね自由自在に音符を描く

秋の野に友と遊べば屈託の一つが空に吸はれゆきたり

麻布に野の花花を刺しゆけば絵になりてゆく私の時間

魔除けの獅子

ひさびさに揃ひし子らの語らひを背なに聞きつつ伊達巻を切る

乳歯抜けニッと笑へば少年の面差し見する一の孫はも

ごんべんにとうきやうのきやうの諒《りやう》ですと自己紹介の二の孫三歳

怪我もせず風邪もひかせず帰ししをまづはひと息正月七日

「七草なづな唐土の鳥が」とんとんと若菜きざめば春野がみえる

カラカラと掃除機の中に吸はれゆく役目果たしし追儺の豆は

沖縄の魔除けの獅子は目鼻口広げて広げて赤瓦の上

「未来」とふ四葩《よひら》の花の咲き初めてさらさら祈る子らの幸ひ

精霊蜻蛉

水無月の矢羽根薄の清清しこだはり捨ててキリリと生きむ

朴ノ木の大きな九弁の花びらは空にむかひて何を待ちゐる

あの夏の友と歩みし八島湿原にハクサンフウロは幽けくゆれる

やぐらなる実朝の墓はほの暗くこほろぎ一匹身じろぎもせず

たれかれのみ魂を乗せて飛びゐるやくれぐれに見る精霊蜻蛉

握手して別れしばかりに君は逝く網代の入江は今朝も穏しき

甘党の父の好みし石衣口に放りて父をたしかむ

空といふ名の柴犬がなにも言はずに梅雨の合間を空に帰りぬ

チェロの音は人の波長と同じだと言ひし君いま雲上に弾く

掌の中の蛍の光はみどりなりさみどりこぼし漂ひゆきぬ

やは土のやうな

四十六歳から十三年間国語科の講師をつとめた

母さんに叱られてゐるみたいだと母親目線の教師の吾に

教室にたんぽぽの絮舞《わた》ひ入りて目で追ひかけてゐる色白の少女

すさまじき海の落日見せたきと授業をおきてベランダに並ぶ

くしやみする生徒《こ》鼻をすする生徒《こ》をりし日は黒板に向き「梅雨寒」と書く

三階の窓辺までくる秋あかね頬杖ついて生徒らと語らふ

二〇〇〇年前後に相次いで十七歳が凶行を起こした

冬日背に息吹きかけてガラス拭くジャージ姿の彼ら十七

とんとんと玻璃戸の向かうで手招きす引き戸開ければ「受かりましたあ」

授業では見せぬ顔して応援の太鼓打つ生徒のばちの巧みさ

群すずめ校庭の柵に並びゐるすねた一羽が後ろを向きて

慈雨享くるやは土のやうな心持てと生徒らに言ひおき教壇下りる

石仏の天衣

石仏の天衣の襞は春水にたゆたふやうに肩から流る

二世紀にどんな刀もて削りしか石の天衣は薄衣になる

夫の持つ鏨と同じ鏨ありエジプト展に鈍く光れり

復活をひたすら信じ刻みけむ木棺の蓋の象形の文字

若冲の下絵からなる羅漢たち首かしげ座す椿の山に

トウカエデ朱く染めゆく街道に馬頭観音さびさびと佇《た》つ

三つ巴

白梅のがく咲きとなるかたへには河津桜のほころび始む

大地震《なゐ》にデンマークの友の訪れなく白き初蝶さ庭に舞へり

避難所に病む妻の頭かたむけてそつとお粥を流し込む人

肩をふるはせ黙祷をする少年は男孫と同じ九歳なり

「よく助かつてくださいました」とふ皇后のみ言葉頼みて人は生きゆく

ケルトにも法被にもある三つ巴　生と死とそして再生を描く

マンハッタン

亡き父の蒔絵の茶入れもトランクに潜ませ明日は吾娘待つＤＣに

隣席の中国婦人と漢字書き頷き合ひぬ機上の時を

ミロア湖に霧立ち昇り開けゆくを久に会ふ子と腕組み眺む

暮れなづむイーストリバーにヨット一隻小さき灯ともし風はらみゆく

噴きあがる白き水のみ光持ち口づけかはすシルエットふたつ

ねむの木の眠らぬ葉から陽のこぼれこぼるる中を人らは走る

「私もね、日本へ義援金送つたの」マンハッタンに住む小間物屋

まつすぐに対峙されるはかなはぬと横目使ひのゴッホに会ひぬ

チャキリスが指を鳴らしつつ踊りしはこの辺りかとハーレムをゆく

アリゾナはオレンジ色に黄昏れて丘のカクタス影絵になりぬ

今日もなほ電気の通はぬ村にゐてホピの青年ひたすら木彫りす

部屋隅に転がりをりしはあかがねの一セントコイン旅の名残りの

小さき寝息

孫八人色とりどりの薔薇を抱き米寿の母に八十八本

日本髪を初めて結ひしは十九の母その写し絵を吾に託せり

わが腕にかける体重重くなる膝の痛みのさ走る母よ

母の家の一重の薔薇に雨の降る母は小さき寝息立てゐつ

もう歌は詠めなくなつたと母の辺の原稿用紙は白紙のままに

赤丸も書き込みも無きカレンダーが母の寝所に母をみてゐる

網元の孫でありにし母は問ふ「船は出たの」と病の夢に

葬り花

吾娘は右われは左手さすりつつ母と過ごしき最期の夜を
ふくよかな母でありしにわが抱く壺に小さくをさまりにけり

ひと抱への白菊ストック持ち帰り白磁壺に生く母の葬り花

『花すみれ』『いとしきものへ』『福寿草』母の遺しし歌集の名読む

七日たちまた七日たち墓石の新しき名に薄日さしゐる

母の背をなでこしやうに撫でたきに鎮むる墓に丸みのあらず

もう泣くのはおよしと遠き声のする墓所に礼なし海を見にゆく

母の海

母恋ひて駿河の海を眺むれば沖つ風ふき黒き汐の来

白き鳥翼をひろげよぎりゆく海恋ふ母はかもめになつた

杖もたず自在に空を飛びてゆけ鷗よかもめ　翼持つ母

うす紅の浜昼顔のゆらぎゐるこの道母と南風《まぜ》のとほる道

サーフィンの帆をふくらませ来る風を母はうましと深く息吸ひき

方代《はうだい》さん

方代の母に書きくれし軸二幅母は広げて吾にくれたり

たな曇る空一面に白き花方代さんのなんぢやもんぢやの木

方代の鶯宿峠の胎の木はりやうめんひのきと物知りの言ふ

濃き薄き花弁《はなびら》こぼる友くれし伊賀の干菓子の「さまざま桜」

うす紅の一斤染めは紅花を身につけられぬ民草の色

手の平に豆腐を切れば方代さん角を曲がりていそいそと来る

早朝の豆腐屋さんのおまけには媼のあげる熱熱お揚げ

ヒマラヤの雪解け水

黄の衣に黄の傘さして坊さんがトゥクトゥク走る雑踏をゆく

這ふやうにプノンバケンの丘のぼる遥かにみえるアンコールワット

回廊の石段に座し休みをればクメールの風が通り過ぎゆく

ハイウェイを走る車の途切れるを黒き水牛犇めきて待つ

釣り舟が水平線を落ちてゆく丸き地球のタイランド湾

ぬばたまの鴉の羽根の濡れ羽色ときどき光る濃き緑あり

ヒマラヤの雪解け水ゆ生れし河メコンは六千キロを流る

パソコンの画面で吾娘と語りをり三千キロの距離を忘れて

それぞれの命

夫は草われは花がら摘みをるを鵯が見てゐる花冷えの庭

苧環《をだまき》は茂吉の母の好きな花さ庭に咲けり去年より多く

末枯れゆくビオラをよそに蕺草《どくだみ》は十字の苞をつぎつぎ開く

薔薇の香も蕺草の香もそれぞれの命の香ぞと思へば愛し

睡蓮の池に蝌蚪生れフルルフル円き葉陰を出でつ隠れつ

見事なる終焉みせて白百合はふはりはらりと衣を脱ぎつ

小雪を過ぎ咲く薔薇は小声にて春の化粧はできぬと言へり

ほつこりと小春日あびて餅売りは居眠りてをり門前町に

シャボン玉

図書館を北茨城に造らむと玉串持つ息子《こ》がニュースに映る

コンセプトは野口雨情のシャボン玉　川辺に飛んで図書館になる

シャボン玉のまあるい部屋を造るのは難題中の難題なりきと

丸い壁丸い柱に丸い書庫イスもテーブルもみなシャボン玉

川に沿ふ曲線を描く図書館に児らの集ひて光と遊ぶ

泉郷

春くれば富士に現る青い道鈴懸の道は葉を広げゆく

泉郷とよばれし邑はこの辺りあうらをくすぐる水と遊びき

女童も男童もまた真裸で羽黒とんぼ追ひ糸とんぼ追ふ

清流にきみの摘みこし根白草かをりを放つそのあさみどり

樹の洞もどんぐりも無き街川を鴛鴦の二羽ふつくらと浮く

火男のお面

娘の家具がボルチモアからパナマぬけ太平洋を運ばれてくる

南部坂本氷川坂転坂　吾娘住むまちは坂多いまち

赤坂の氷川神社の杜越えて笛の音流る　祭りは近し

火男のお面におっとおっとつと少少つまづく晩夏の風が

中空に満ちたる月は煌煌たりプロキオンさへ暈に隠して

うぶすな参り

十年目にやつと会へたと満開の薔薇のまなかに吾娘は立ちをり

外つ国ゆ産土《うぶすな》の地に帰り来て幸ひなるかな吾娘はみごもる

手に触れる胎児のさくりのヒクヒクと肺呼吸への練習中とふ

陣痛のもなかの娘を吾が母がせしやうに背を大きく撫づる

ラグビーの球を抱へるさまに抱き授乳する娘の背に雪明り

身を縮めまあるく抱かれみどりごは胎児でありし記憶に眠る

唐傘をさしかけられて抱きゆく細き雨ふるうぶすな参り

ひともとの沈丁花の白芳しくゆりかごの子に春を告げゐる

亡き母のレースの傘を吾娘はさし乳母車押し軽井沢をゆく

軽井沢の桂の林を抜け出でてフランスパンの焼きたてを買ふ

念願のベビーカーを押す日の来たり夫は町内を二巡してをり

母あらばあの微笑みをみどりごに注がむものを　桜咲き満つ

ピコリーノ可愛い子よと呼んでみるイタリア人を父に持つ子に

母の訪ひ

悲しみのそこひにゐるとき見つけたり枯葉の中にたちつぼすみれ

紫のたちつぼすみれは母の花春の来るのをお待ちと言へり

名にし負ふ思ひのままとふ桃の木の濃き薄き紅ひともとに咲く

里山の友にもらひしヤマホトトギス年経てここに群れ咲きにほふ

知らぬ間に蔓は地を這ひ瑠璃紫を低きに放つ琉球朝顔

ビー玉を椎の木下にみつけたり青空閉ぢ込め誰を待ちゐむ

指細きニンフの作る蠟花やあえかに透ける日向水木の黄

四十雀鳴くを見上ぐる朝まだきほの白くあるかたわれの月

朝あさに四十雀来て啼きつれど母の訪ひけつしてあらず

樟に抱かれ

乗り来たるもんしろてふの富士駅でひらり降りたりごきげんようと

疲れたと浅葱斑がベランダに五時間あまりをまどろみてゐる

樟の大木の枝の上に造られた小さな部屋、梯子を登る

樹の上の小さな部屋にココア飲む三百年の樟に抱かれ

珈琲の出来上がるまでを銀杏の硬き殻割る　四の五の言はず

スパスパとトマトの切れてアボカドがくるりとむけて嬉しき厨

猛暑さり鱧と松茸の汁椀にすだちの香りゆきあひの風

月読

いい月ね。うん、いい月だ。望月の煌煌として執ひとつ無し

わが母の形見の紬を友は着て栗名月を愛でて来しとふ

月読はひと月待てば帰りくる　待てど帰らぬ人の多かり

望月の中空ゆたに渡るとき擬宝珠の首いつせいに伸ぶ

くきやかに月の輪あらはれ星ひとつ無き真洞に吸はるわが魂

末吉

門前の大楠あふぎ本堂まで塔頭五坊を通り過ぎ行く

寺庭に貞明皇后お手植ゑの銀杏一樹は死者の声を聴く

上人の足音聞きて寺庭の鯉はゆつくり淵に寄りくる

御神籤は末吉なれば悪しきこと言はずに訳す英国の友に

牛を撫で自が頭《づ》を撫でて「これでよしつ」天満宮に詣でる少年

落葉の京都をゆけば門跡の曼殊院に絨毯紅葉

口元の紅のほかには色の無く八曲一隻に伊勢物語

Ⅲ

平成二十八年〜令和二年

鯨の恋歌

もうすぐにとつ国に送る寂しさを知るや三歳わが背くすぐる

いとし子に森のお話せがまれて手をつなぎゆく創作の森

日本での最後の曲は「幻想即興曲」娘は弾きて蓋を閉ぢたり

わがピアノ太平洋を運ばれる鯨の恋歌聴きつつゆけよ

日を恋ふる福寿草の学名はアムール川の美少年とぞ

朝光にこぶしの蕾きらきらしアメリカの孫友は出来たか

渾身の力に角ぐむ鬱金香そらと出会ひて吐息を吐きつ

大正の「亀甲千代」の醤油樽ならぶ庭先にらふばいの咲く

蓑虫の梅の古木にぶら下がり父よ父よと風に揺れゐる

風に飛ぶ赤きストール朝凍みの沼辺の鴨の背なを温めよ

雪の朝赤青黄色のバケツ持ち幼の出番ぞ踊り出で来る

貝母の巻きひげ

武蔵野の名残りの林に群れて咲く貝母の巻きひげ妖しくゆれる

ヒメウズも貝母の花も俯きて勝気ならぬが吾を引き寄す

針箱ゆ刺しかけの布引きいだす閉ぢ込めてゐた私の時間

日おもてにゆるき螺旋のすべり台春の子遊ぶミモザも遊ぶ

朝まだき筑波の山なみ遠かすみ雨の匂ひの近づきてくる

雨あがる単衣の紬の裳裾をばさやけき風の触れてゆきたり

夏障子

夕立の暑さをしばし連れ去れば「良いお湿りで」祖母の声のす

祖母が拭き祖父の蔵ひし夏障子いとけなき日に秋をしりけり

痙攣の吾を抱きて足袋のまま医者に走りし祖父でありきと

霜枯れの中にありたる鈴蘭の艶めく玉は祖母の後ろ挿し

モシャシャノモシャ祖母の唱へるお呪ひコンガラガッタ糸をほぐせり

襷掛け大鍋ゆすりし祖母思ひ真似してみれば蓮根飛び出す

風荒み迎へ火焚けず火のなくも迷はず来ませ　みそはぎゆれる

大正の母の和簞笥かたされて抽斗にただ鶸色のひも

わが肩に体をあづけ立ちし父の重み顕ち来る信号待ちに

海越えて娘の雛はワシントンへ目覚めてはてと戸惑ひをらむ

声立てず御殿雛かざる祖母と母ぢつと見てゐた祖父の膝の上

狩野川

牧水も玉城徹も詠みし川狩野川べりにわれは住みゐき

天城山の岩間の雫の一滴が北に流れて四十六キロ

古事記なる船の名「枯野《からの》」ゆ名付けられ鮎を身ごもり山葵田うるほす

千人の無辜の人らを流しし は昭和三十三年狩野川台風

むとせ経ち放水路できゆるやかな湾曲みせる鎮魂の川

つくしんぼ蓬のみどりを摘みし土手石段となり春の香消える

上流の浄蓮の滝の底ひには女郎蜘蛛の精　牧水覗くも

春なればうぐひの婚の始まりて赤き線見せ瀬瀬走りゆく

頼朝の「蛭ケ小島」に配流され密事を画する赤黒き月

いくつもの小さき流れを身の内に沼津を流れ駿河の海に

狩野川の行き着くところ此処はまた明石海人のふるさとの海

長島に父母より給ひし名を捨てつ捨てしその名は野田勝太郎

「天刑である癩はまた天啓でもあつた」松籟のなか歌碑の鎮もる

「ふるさと」の小鮒釣りしかの川は狩野川とずつと思ひてをりし

ちちははいかにおはすと問ふすべのいまは無けれど川辺の温し

小鳥のやうな

眼科医の待合室に流るるはホトトギスの声　特許許可局

人工のレンズを入れて眼球の改造されぬ　ちちはは知らず

狂ほしく鳴きゐし蟬の音の絶えて鉦叩き鳴く術後のゆふべ

モダンジャズ低く流るる病室にカーテン隔てて点滴を受く

病む吾の配膳のぞき夫笑まふ小鳥のやうな夕食ですね

サラダボール

え寝ねずに飛機の小窓ゆ暁方の柿色の空ひたすら眺む

青空にアメリカハンノキ緑なす吾が身内にも青空の欲し

しばらくをノンナノンノに見守られイタリア語を話す四歳の孫

ＤＣでは健康志向の一つらしく、サラダ屋が繁盛している。

背を伸ばしサラダボールを持つ人らビジネス街の昼時をゆく

百人に緑陰をなすウィローオーク子虫を探す雀椋鳥

ディンドンと三つの鐘の鳴り響く尖塔の上に昼の半月

突然に烈しき目眩に襲はれて嗚呼ワシントンを救急車に乗る

字余りも字足らずもよしヒューストンに娘の手術は成功したり

文箱の螺鈿

小鳩二羽舵羽根のいまだ揃はぬにひよこひよこ回す首は虹色

生涯の最後の絵には虹架かるミレーにもグランマ・モーゼスにも

細やかな「三嶋暦」の写しなる小皿を見つく利休ねづ色

やあやあと嵐の中を集ひくる友垣の声ふるさとの声

一枚の桂の黄葉のひらり落つ友の便りの美しき言の葉

没りつ日に緋色の空の広ごりて秘色の青をぐんと押しあぐ

遠近に読み止しの本の散りぼふを長き夕の日覗きてゆけり

いつもゐる釣り人の影けふは無くひとつの椅子に冬日の座る

わが二十歳母がくれたる文箱の螺鈿の花ゆ蝶は舞ひたつ

到着口

やまひ癒え到着口ゆ吾娘出で来夫と息子と手を振りて来る

滝の音鳥のさへづり聞きながら娘と湯浴みす　恵みと思ふ

せきれいの波の形に飛びてゆく即かず離れず朝光のせて

ハロウィンがもうすぐ来るよと歌ふ孫ことしはポリスになりきるらしい

カーナビに見知らぬ道を走らされつと展けたる菜の花畑

花信風西から東に配信中ことしは「令和」も知らせてゆかな

小手毬のこぼるる径をスケボーの少年疾し風を追ひ抜く

免許証を自主返納す黄のボルボ乗り回しし日はもう戻り来ぬ

馬追虫

シャラシャラララ風鈴売りがやってくるリヤカーに揺るる三嶋風鈴

山法師大樹となりて見上ぐれど一花も見えず空への供花や

翅たたみとうすみ蜻蛉は草の上生絹《すずし》の雲はゆつたり流る

七階の河原撫子に馬追虫ぞ出自を訊かなひげのそよろに

風の朝支への紐を解きやればほつほつほつとコスモスの息

沼を背にかやつり草食む白鳥は渡らぬことを少し悔いゐる

モーリスの「いちご泥棒」の表紙絵にわが目寄りゆく午後の図書館

『お母さま』とふタゴールの詩集なり峠の像の髯の顕ちくる

青き風纏ひてニゲラ揺れてゐる「霧の中の恋」とふ名を持ちて

今右衛門の白磁の壺に赤まんま秋の日暮れは彼の人恋ほし

競馬をせむとや

馬を飼ふ友どちくれし家苞《いへづと》は富士の裾野のこごみなりけり

ファーブルも埃及人《えじぷとじん》も馬飼ひも魅せられて来しスカラベ・サクレ

ゴール前怒髪になりてクリスタル吉田豊と前をとらへたり

落馬して頸椎骨折せし豊　復帰後息子《こ》と組み三十五戦目

久久の豊の笑顔に出会へたと肩を抱く息子はきつと涙目

馬の鼻何度も何度も撫でてゐる破顔の息子が画面に映る

当歳馬の肩を撫でつつ脚睨む息子は新冠に優駿探す

ゴール前差し脚使ひしモアナ号競馬を終り第二の馬生へ

六歳の春にモアナは母さんにならむと帰る北の大地へ

サラブレッドは競馬をせむとや生まれけむ騎手の落ちしもゴールへ走る

兵無き国

軍隊を持ちてもどうせ負ける故持たないと決めた国コスタリカ
ひとびともクモ猿イグアナナマケモノ兵無き国に豊かに生きる

葉を掲げハキリアリらの大隊列孫のつま先しばしそのまま

軍隊を持ちたき首長に読ませむよ戦争孤児の『ガラスのうさぎ』

アフガンに父と呼ばれし中村医師無私の行ひ消ゆることなし

ガンベリの砂漠を緑の大地にし流るる水路は真珠と呼ばる

萌黄の風

ハグ禁止胸に手をあてほほゑめとコロナ防止のイタリアの法

学校も図書館もみな閉ざされて行方失ふ受験生はも

月の夜やほんのり匂ふ桜花マスクを付けて見上げる無聊

バルコンに幾夜夢みしわが鬱金香蕊を遺してはらりとちりぬ

金星の輝き見つつ夫とゆくマスクを付けて縦列散歩

母の日の花束抱へて長の子はマスクを外さず「長居はよすね」

不急の日ビーツを煮れば遠き日のまつ赤なボルシチ三弦の音

会へぬ日に会ひたき人の多くゐて雲に伝へむ月に伝へむ

畦道の赤詰め草の上に蜻蛉《とんぼ》　ちちかと思ふそろり寄りゆく

ひたひたと寄せ来る波は何だらう薔薇に寄りゆき深呼吸二つ

口を閉ぢ癋見《べしみ》になりて睨まむかお亀のままで時を待たむか

三か月籠もりし孫が今日こそは自転車をこぐポトマック河畔

茶畑より萌黄の風を送ります　友の手摘みの新茶が届く

銀の匙

夫は読むカミュの『ペスト』わたくしは『銀の匙』繰る自粛の時を

ＤＣの娘の読書会で、中勘助の『銀の匙』を取り上げた。

ワシントンと柏で読み合ふ『銀の匙』佳き翻訳に助けられつつ

『ＴＨＥ　ＳＩＬＶＥＲ　ＳＰＯＯＮ』の本を持ち集ふ事なく画面に向かふ

明治の子伯母の仏心伝はりぬノンジャパニーズの読書の友に

御神輿の上に乗るのは何鳥と日本の行事にＺＯＯＭは弾む

あなた方の文化に触れて穏やかで滋養の多い時を持てたと

杓子庵にほのかに光る銀の匙小さき勘助の口もとおぼゆ

パドックを廻る青鹿毛《あをかげ》牝二歳「ギンノサジ」とふ名をもつ新馬

オリーブ

一の孫、二の孫の誕生記念樹には河津桜を植えた

河津桜は運び得ずしてひともとのオリーブ抱へ柏に来たり

オリーブは末の孫の木もう一本買ひて添へれば結実始む

青嵐にオリーブの葉は裏返り一斉に見すみづがねの色

オリーブの千年大樹は三万の実を成すとふわが木に百個

若夏の空に小さき緑見せオリーブの実は日に太りゆく

黒黒と熟れてきたればヒヨが来てジョウビダキ来て咥へてゆきぬ

三十個鳥に残して収穫す塩漬けつくらむ渋抜き始む

*

美味しいとふあなたの笑顔に会ひたくて夏柑を煮る春のいちにち

跋

春日いづみ

高橋さんは二〇〇九年に静岡の青野里子氏の紹介で「水甕」に入会された。豊かな土壌を感じさせる伸びやかな詠みぶりに魅力を感じている。欠詠もなく着々と昇欄、現在は主要同人として活躍中である。「水甕」入社以後十年あまり、コロナ禍の自粛中に歌集の刊行を思い立ち、編集作業に勤しまれた。前向きな高橋さんらしい行動力を大いに喜んでいる。

天城山の岩間の雫の一滴が北に流れて四十六キロ
古事記なる船の名「枯野《からの》」ゆ名付けられ鮎を身ごもり山葵田うるほす
まもなくに海のない街に住まふゆゑしばし見て来む海のけしきを
「海に来て」とメールをすれば「俺も今海を見てる」と返信の来る
こその春エトランゼたりし夫と吾けふ知事選に選挙人たり

高橋さんは沼津に生まれ育ち、東京女子大学日本文学科に進学、卒業後は沼津に戻り結婚された。天城山から駿河湾へと注ぐゆったりとした狩野川が高橋さんの原風景であろう。静岡県の河川で北流するのはこの狩野川のみという。支流には桂川や柿田川があり、『古事記』『日本書紀』の「枯野」から名付けられた土地である。豊富な水量に地は潤い、さまざまな産業も発達している。若山牧水、井上靖、芹沢光治良、玉城徹など文学者のゆかりの地でもある。この地で高橋さんの大らかな人間性も感受性も育まれていったのであろう。生涯を沼津で過ごされると思っていたが、三人のお子さんが巣立ち、それぞれの場を得て活躍すると、夫君と共に「近居」を選択された。これもまた高橋さんらしい英断である。広い屋敷を手放して柏市へ転居されたのが二〇一五年。以来東京鮎支社の歌会や水甕研究会などに積極的に参加され、場を明るく包んで下さっている。沼津から柏へ、生活の大きな変化を心配したが、高橋さんは、むしろ新しい生活を楽しまれている様子である。掲出の三、四首目は転居前、何といっても海がない、潮騒が聞こえない土地へと越すのである。馴染み、思い出いっぱいの海を惜しみつつ海を見る高橋さん、その同じ時を夫君も又どこからか海を見つめていたのだ。決して感傷的にならない天性の技を持つ高橋さんならではの作品である。五首目、新しい土地で知事を選ぶ、「エトランゼ」の気分からその土地での生活者に変わるのはこんなことがきっかけかも知れない。ふとした時に眼差しが社会に向けられる点もこの作者の特徴である。

すさまじき海の落日見せたきと授業をおきてベランダに並ぶ

慈雨享くるやは土のやうな心持てと生徒らに言ひおき教壇下りる

高橋さんは沼津の私立高校で十三年間国語講師を務められた。作品から浮かぶのは、カリキュラムを熟すだけの時間講師の姿ではなく、感受性を育み、豊かな人間性を育てようとの意思である。生徒はこのような授業こそいつまでも覚えていて、人生の節々に思い出し励まされるのではないだろうか。本当に大切なことを、共感を通して伝える。こうした姿勢は子育ての体験を通して培ったものなのかもしれない。三人のお子さんは三様に抱いた夢を実現させている。

手綱持つ手先のしびれやはらぐと十和田の春を次男は告げこし
目を細め息子に寄り添ふ競走馬　厩舎に生くるも一つの選択
ゴール前怒髪になりてクリスタル吉田豊と前をとらへたり
馬の鼻何度も何度も撫でてゐる破顔の息子が画面に映る

沼津のある高校の馬術部が廃止になり、行き場のない馬たちのために、高橋さんの夫君は友人たちと共に乗馬クラブを立ち上げたと聞く。そうした環境にあって、幼いころから馬に親しんだ息子さんは獣医になり、やがて競争馬の調教師になり、活躍中である。

手綱を持つ手先に、まず北国の春を感じるという息子の瑞々しい感覚を詠み、早春の十和田へ思いを馳せている。二〇二〇年、京成杯で息子の調教するクリスタルブラックが優勝した。騎手は吉田豊。この優勝の裏にはいくつものエピソードがあり、困難を乗り越えての一勝であった。このことは平松さとし著『沁みる競馬』（KADOKAWA）に記されている。もう一人の息子さんは建築家に、娘さんは難民支援を志しユニセフに就職された。高橋さんは、夢に向かって邁進する三人のお子さんを見守り、エールを送って来たのである。

里山の友にもらひしヤマホトトギス年経てここに群れ咲きにほふ
指細きニンフの作る蠟花やあえかに透ける日向水木の黄
望月の中空ゆたに渡るとき擬宝珠の首いつせいに伸ぶ
オリーブの千年大樹は三万の実を成すとふわが木に百個
若夏の空に小さき緑見せオリーブの実は日に太りゆく

沼津の屋敷の庭で高橋さんは、さまざまな草花を育て、また折々に記念樹を植えて来た。それぞれに目を注ぎ愛おしむ様子が作品から窺われる。転居に際しこうした樹々や花々との別れを惜しみつつ、一本のオリーブだけを鉢に移し抱えてきたという。娘さんの男子出産を記念して植樹した木だった。『聖書』の「創世記」で洪水の後、ノアが箱舟の窓から放った鳩が咥えてきたのはオリーブの枝。新天地を予感させる希望の木である。柏のマンションのベランダで元気に育ち、百個の実をつけた。「千年大樹」、「三万の実」の言葉はイタリア人を父に、日本人を母に持つ少年の未来へつながっている。

ワシントンと柏で読み合ふ『銀の匙』佳き翻訳に助けられつつ
明治の子伯母の仏心伝はりぬノンジャパニーズの読書の友に
パドックを廻る青鹿毛牝二歳「ギンノサジ」とふ名をもつ新馬
舞台には小袖一枚広げ置き葵上の病臥となせる
まつすぐに対峙されるはかなはぬと横目使ひのゴッホに会ひぬ
生涯の最後の絵には虹架かるミレーにもグランマ・モーゼスにも

今娘さんはワシントンに住み、読書サークルに入っている。高橋さんが『銀の匙』を推薦し共に読みながら、明治時代の日本の暮らしや人々の心の在りようを伝えている。真の意味での文化交流はこんなささやかな場から広がる。三首目は競馬中継のパドックに現れたのは何と「ギンノサジ」、誰がどのような思いで名付けたのだろうか。『銀の匙』を傍らにしての驚きが伝わる。また古今東西を問わずさまざまな芸術文化に関心を寄せ、その印象を詠みとめている。ゴッホには晩年、四十数枚の自画像があるが、「まっすぐに対峙されるはかなはぬ」とゴッホの心を思い、「横目使い」と茶目っ気を添えるのも高橋さんならでは。また、画業の最後に虹を描くという発見から、高橋さんは画家たちが虹に託した思いを感じ取ろうとしている。

茶畑より萌黄の風を送ります　友の手摘みの新茶が届く

コロナ禍、自粛中に届いた故郷の新茶は友の手摘みのもの、そこに添えられていた言葉に励まされた高橋さんは、迷わず歌集名を「萌黄の風」とした。新茶の香りをのせた爽やかな風は高橋さんの作品を通して、さらに多くの読者の胸に届けられるであろう。

あとがき

今夜は満月。煌煌と柏の街を照らして行きます。

単身赴任の息子のところも厩舎の屋根の上にもそして、十三時間後には娘たちの住むワシントンにも渡っていくでしょう。ついこのように思うので、私の歌は身近なことを詠った歌が多くなってしまいます。でもその一首に私の思いの伝わる言葉、光る言葉が欲しいと思うのですが、なかなか難しいことです。

五年前、一大決心をして夫と長年住み慣れた沼津から柏に居を移しました。東京に近くなったので、水甕東京鮎支社にいれていただきました。そこで、春日真木子先生、春日いづみ先生から直接ご指導いただけるという大変幸せな機会を頂いております。

誰もが考えてみなかったコロナ禍の不安な中にいて、何か一つ残しておきたいと歌集をつくることを思い立ちました。

拙歌集の刊行にあたり、大勢の方々にお世話になりました。

水甕社代表の春日いづみ先生には大変お忙しいところ、身に余る跋文をいただきましたことを心より御礼申し上げます。そして叢書係委員の三枝むつみ様、宮野哲子様には編集、校正に関して丁寧なご助言をいただき有難うございました。そして水甕叢書に加えていただき感謝申し上げます。

柏に移っても、変わらぬご厚情を寄せてくださっている青野里子先生はじめ静岡支社の歌友の皆様、沼津の不尽短歌会の皆様、藤沢の阿部布佐子様、新入の私を温かく受け入れてくださった鮎支社の皆様に感謝申し上げます。

そして、歌の種を拾わせてくれる夫、子供たち、孫たちにも感謝しています。

最後に出版に際して、多大なお力添えを頂きましたコールサック社の代表鈴木比佐雄様、座馬寛彦様、装丁担当の松本菜央様そして、スタッフの皆様に深謝すると共に御礼申し上げます。

春日真木子先生の「心をゆらし、言葉をゆらし作歌するのよ」とのお言葉を念頭に末永く歌を詠っていきたいと思います。

二〇二一年一月

高橋公子

高橋公子（たかはし　きみこ）

1944 年　静岡県沼津市生まれ
1962 年　静岡県立沼津東高等学校卒業
1966 年　東京女子大学文理学部日本文学科卒業
2009 年　短歌結社「水甕」入社
現在　　「水甕」同人
　　　　日本歌人クラブ会員

現住所：〒 277-0025　千葉県柏市千代田 1-5-55-704

石炭袋

歌集　萌黄の風　　水甕叢書第907篇

2021年2月16日初版発行
著　者　高橋公子
編　集　鈴木比佐雄・座馬寛彦
発行者　鈴木比佐雄
発行所　株式会社 コールサック社
〒173-0004　東京都板橋区板橋2-63-4-209
電話 03-5944-3258　FAX 03-5944-3238
suzuki@coal-sack.com　http://www.coal-sack.com
郵便振替　00180-4-741802
印刷管理　（株）コールサック社　製作部

＊装丁　松本菜央

落丁本・乱丁本はお取り替えいたします。
ISBN978-4-86435-453-0　C1092　¥2000E